我們都好棒！

文／佐藤伸　圖／山村浩二

譯／蘇懿禎

我ㄛ是ㄕ第ㄉ一一名ㄇㄥ！很ㄏㄣ屬ㄉ害ㄏㄞ唷ㄛ！

說到體重，　我可是第一名！
我比250位小學生加起來還要重，
因為吃得多、　精神飽滿，
才能長這麼高大。

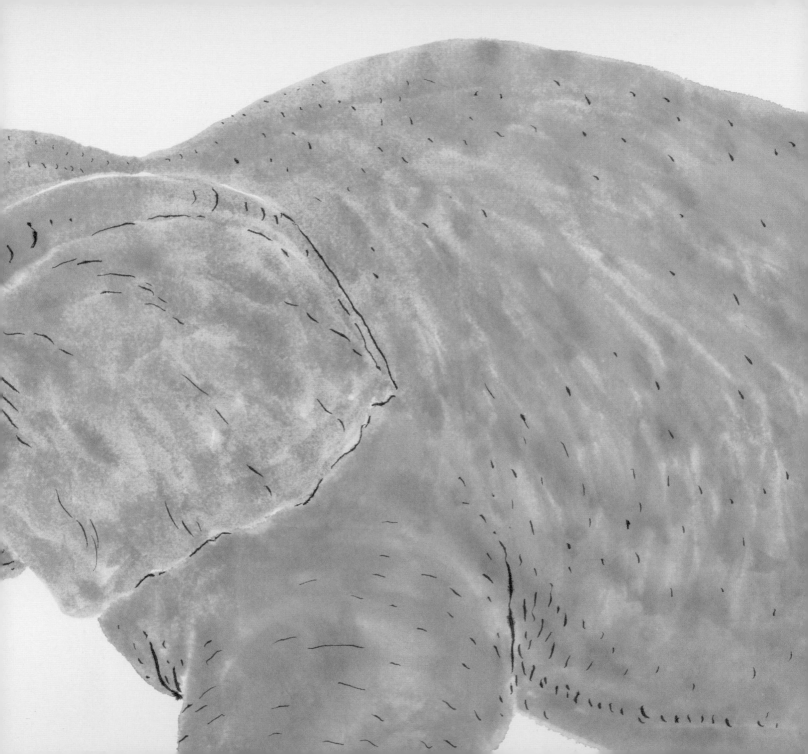

我ㄨㄛˇ是ㄕˋ第ㄉㄧˋ一一名ㄇㄧㄥˊ！　很ㄏㄣˇ屬ㄉㄧˊ害ㄏㄞˋ唷ㄧㄛ！

說到速度，　我可是第一名！
我跑起來時速110公里，
比城市裡的車子還要快，
被我盯上的獵物別想逃。

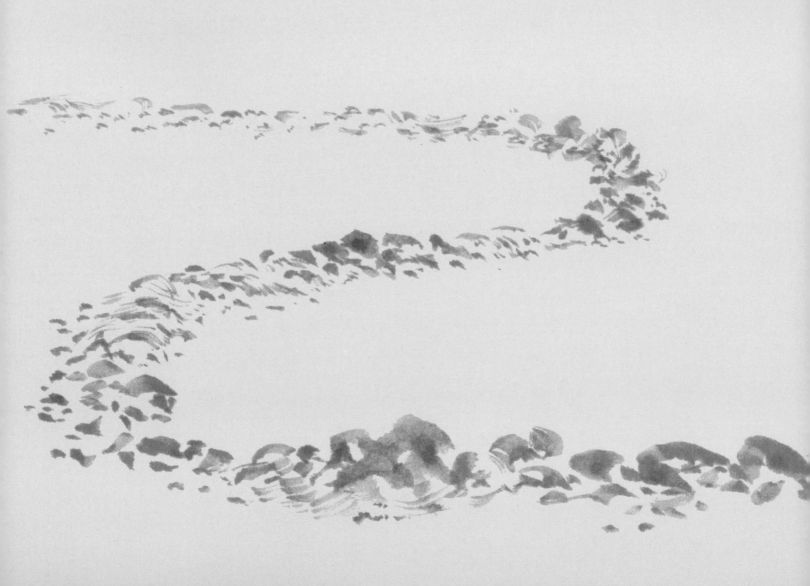

我ㄨㄛˇ是ㄕˋ第ㄉㄧˋ一ㄧ名ㄇㄧㄥˊ！ 很ㄏㄣˇ屬ㄌㄧˋ害ㄏㄞˋ唷ㄧㄛ！

說到挖隧道， 我可是第一名！
我不用鏟子， 不用圓鍬， 挖得快又好，
就算要挖像大人身高這麼長的隧道，
也是一下子就完成了。

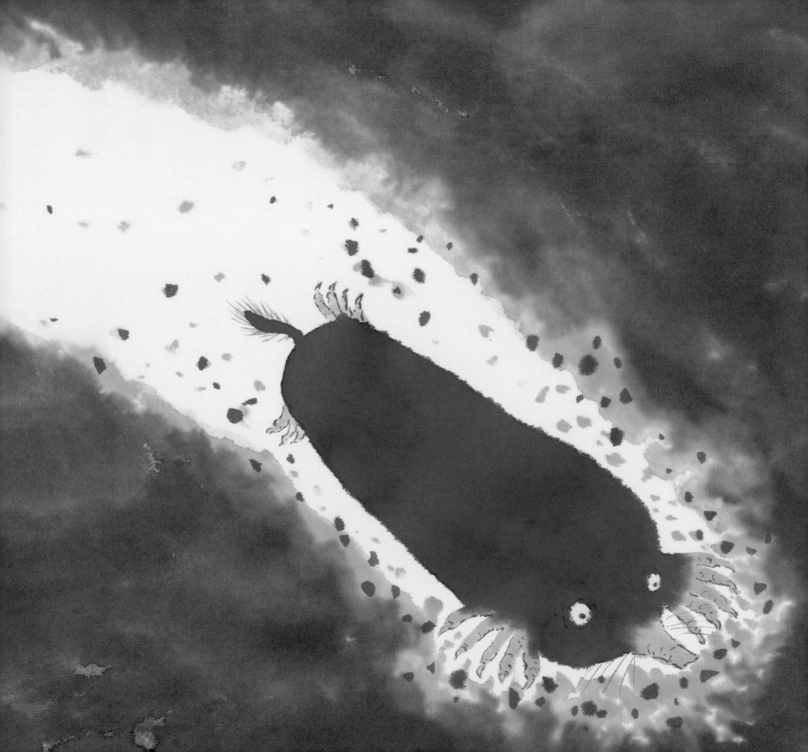

我是第一名！很屬害唷！

說（ㄕㄨㄛ）到（ㄉㄠ）捉（ㄓㄨㄛ）迷（ㄇㄧ）藏（ㄘㄤ），　我（ㄨㄛ）可（ㄎㄜ）是（ㄕ）第（ㄉㄧ）一（ㄧ）名（ㄇㄧㄥ）！
我（ㄨㄛ）可（ㄎㄜ）以（ㄧ）隨（ㄙㄨㄟ）意（ㄧ）變（ㄅㄧㄢ）換（ㄏㄨㄢ）身（ㄕㄣ）體（ㄊㄧ）的（ㄉㄜ）顏（ㄧㄢ）色（ㄙㄜ），
不（ㄅㄨ）管（ㄍㄨㄢ）在（ㄗㄞ）哪（ㄋㄚ）裡（ㄌㄧ），　誰（ㄕㄟ）都（ㄉㄡ）找（ㄓㄠ）不（ㄅㄨ）到（ㄉㄠ）我（ㄨㄛ）。

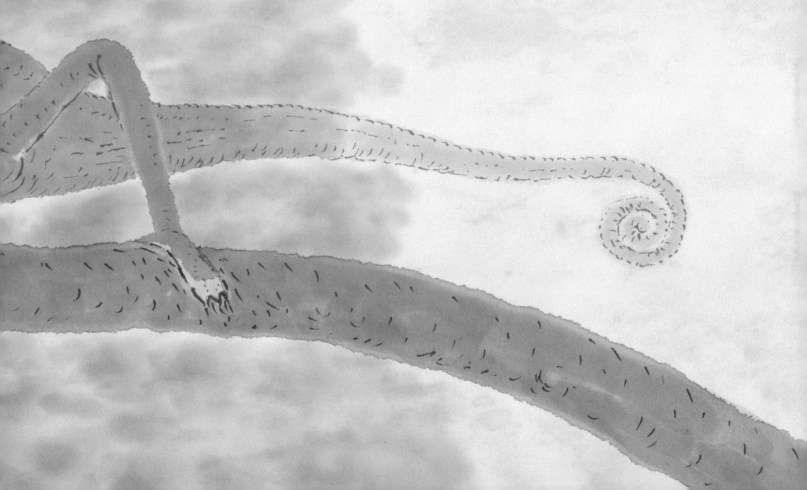

我ㄨㄛ是ㄕ第ㄉㄧ一一名ㄇㄧㄥ！ 很ㄏㄣ屬ㄉㄧ害ㄏㄞ唷ㄛ！

說到放臭屁， 我可是第一名！
敵人攻擊我的時候，
　從屁股發射臭屁，
　　就能把對方嚇跑。

我ㄨㄛˇ是ㄕˋ第ㄉㄧˋ一一名ㄇㄧㄥˊ！很ㄏㄣˇ属ㄌㄧˋ害ㄏㄞˋ唷ㄛˊ！

說到慢動作，我可是第一名！
人類咻一下就到達的距離，
我覺得好～～～～遠。
因為我的動作實在好～～～～慢，
好～～～～慢。

大ㄉㄚ家ㄐㄧㄚ都ㄉㄡ好ㄏㄠ棒ㄅㄤ， 很ㄏㄣ屬ㄌㄧ害ㄏㄞ唷ㄛ！
那ㄋㄚ麼ㄇㄜ， 在ㄗㄞ我ㄨㄛ們ㄇㄣ之ㄓ中ㄓㄨㄥ，
最ㄗㄨㄟ棒ㄅㄤ的ㄉㄜ第ㄉㄧ一ㄧ名ㄇㄧㄥ是ㄕ誰ㄕㄟ呢ㄋㄜ？

「我ㄨㄛˇ！」

「我ㄨㄛˇ！」

不ㄅㄨˋ一ㄧˊ樣ㄧㄤˋ的ㄉㄜ第ㄉㄧˋ一ㄧ名ㄇㄧㄥˊ， 每ㄇㄟˇ個ㄍㄜˋ都ㄉㄡ好ㄏㄠˇ棒ㄅㄤˋ！
不ㄅㄨˋ一ㄧˊ樣ㄧㄤˋ的ㄉㄜ第ㄉㄧˋ一ㄧ名ㄇㄧㄥˊ， 每ㄇㄟˇ個ㄍㄜˋ都ㄉㄡ厲ㄌㄧˋ害ㄏㄞˋ！

我ㄨㄛˇ們ㄇㄣ都ㄉㄡ是ㄕˋ第ㄉㄧˋ一名ㄇㄧㄥ！ 很ㄏㄣˇ屬ㄌㄧˋ害ㄏㄞˋ唷ㄛˊ！

文 佐藤伸

1962年出生於日本新潟縣，曾擔任廣告產品製作、專業主夫、文案撰寫工作者，現為繪本作家、大垣女子短期大學客座教授。在日本以《便便！》榮獲第一屆LIBRO繪本大獎、第20屆劍淵繪本之鄉美羽鳥獎、第三屆MOE繪本書店大獎等。繪本作品有《比一比，誰最長？》（小熊出版）、《便便》（小魯文化）、《寶貝對不起》（台灣東方）等。

圖 山村浩二

1964年出生於日本愛知縣，現為動畫師、東京藝術大學教授。90年代開始製作兒童動畫作品，2002年製作的《頭山》榮獲安錫動畫影展、薩格雷布國際動畫影展等世界主要動畫影展的六個大獎，以及入圍第75屆美國奧斯卡獎最佳動畫短片，還有作品《鄉間醫生卡夫卡》榮獲渥太華、斯圖加特等七個獎項。2012年榮獲川喜多獎，到目前為止已經受到超過80個國際獎項的肯定。繪本作品有《墊板小弟開學了》、《比一比，誰最長？》（小熊出版）；《蔬菜運動會》（維京國際）、《小樹苗大世界》（小天下）、《森林舞台的幕後》（步步出版）等。

譯 蘇懿禎

臺北教育大學國民教育學系畢業，日本女子大學兒童文學碩士，目前為東京大學教育學博士候選人。熱愛童趣但不失深邃的文字與圖畫，有時客串中文和外文的中間人，生命都在童書裡漫步。夢想成為一位童書圖書館館長，現在正在前往夢想的路上。

在小熊出版的翻譯作品有「媽媽變成鬼了！」系列、《時鐘國王》、《形狀國王》、《小廣的魔法玩具箱》、《我和我的冠軍甲蟲》、《咚咚咚，下一個是誰？》、《墊板小弟開學了》、《迷路的小犀牛》、《媽媽一直在你身邊》、《下雨天去遠足》、《偷朋友的小偷》、《1、2、3，來洗澡！》等。

精選圖畫書 我們都好棒！ 文／佐藤伸 圖／山村浩二 譯／蘇懿禎

總編輯：鄭如瑤｜主編：詹嬿馨｜美術編輯：黃淑雅｜行銷主任：塗幸儀
社長：郭重興｜發行人兼出版總監：曾大福｜業務平臺總經理：李雪麗｜業務平臺副總經理：李復民
海外業務協理：張鑫峰｜業務經理：林詩富｜特販業務協理：陳綺瑩
印務經理：黃禮賢｜印務主任：李孟儒｜出版與發行：小熊出版・遠足文化事業股份有限公司
地址：231 新北市新店區民權路 108-2 號 9 樓｜電話：02-22181417｜傳真：02-86671851
劃撥帳號：19504465｜戶名：遠足文化事業股份有限公司
客服專線：0800-221029｜客服信箱：service@bookrep.com.tw

E-mail：littlebear@bookrep.com.tw｜Facebook：小熊出版
讀書共和國出版集團網路書店：http://www.bookrep.com.tw
團體訂購請洽業務部：02-22181417 分機 1132、1520
法律顧問：華洋法律事務所／蘇文生律師
印製：凱林彩印股份有限公司
初版一刷：2020 年 2 月
定價：320 元｜ISBN：978-986-5503-18-5

小熊出版讀者回函 小熊出版官方網頁